LE RAFFERMISSEMENT

DE

L'EMPIRE DES LIS,

POËME;

Suivi de deux Élégies, d'une Ode, et de deux Hymnes sur les événemens de 1814 et 1815;

Par M.ᵐᵉ de Boisserolle,

AUTEUR DU POËME DU MODERNE TITUS.

PARIS,

DELAUNAY, LIBRAIRE, AU PALAIS-ROYAL;
LALOY, LIBRAIRE, RUE DE RICHELIEU, N.º 95.

1816.

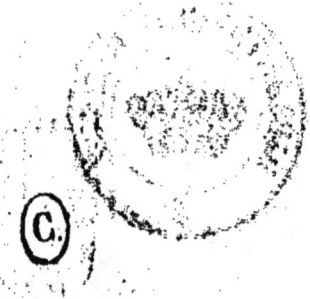

LA PAIX
RENDUE A LA FRANCE.

—

HYMNE A LA VIERGE.

Ah! si je possédais les dons de l'harmonie,
O mère du Sauveur! ô modeste Marie!
Je te consacrerais et ma voix et mes chants;
Que ne puis-je t'offrir de sublimes accens!
 Mais je n'ai, pour te rendre hommage,
 Qu'un cœur pur, qu'un simple langage:
 Au lieu de cantiques brillans,
 Reçois mes soupirs pour encens.

Des mondes et des cieux protectrice fidelle,
En toi tout est sagesse, adorable immortelle,
Et l'olympe est soumis à tes divins désirs;
Ah! des faibles humains écoute les soupirs.
 De ta voix l'appui salutaire
 Peut guérir les maux de la terre :
 Apaise le Ciel irrité;
 Tout notre espoir, c'est ta bonté.

En quel temps ton secours fut-il plus nécessaire,
Qu'en ces jours malheureux de discorde et de guerre?
Daigne faire éclater ta suprême grandeur,
En nous rendant la paix, le calme et le bonheur.
 O toi, que la vertu couronne,
 Et que la sagesse environne,
 Du Ciel les plus chères amours,
 De nos malheurs suspends le cours !

1

L'ARDENTE charité de ce siècle est bannie;
On voit au cœur d'airain un orgueilleux impie,
Ivre d'ambition, désoler l'Univers,
Esclave de lui-même, à tous donner des fers:
 Toujours avide de carnage,
 Sans pouvoir assouvir sa rage,
 Eriger ses forfaits en lois.
 Le tigre est moins cruel cent fois.

L'HOMME de l'Eternel est la parfaite image;
Il reçut la raison, la sagesse en partage,
Et fut créé surtout pour bénir la grandeur,
Les bienfaits infinis de son sublime Auteur.
 Issu de cette source pure,
 Le chef-d'œuvre de la nature,
 Loin d'adorer son Bienfaiteur,
 Outragerait son Créateur!

QUEL océan de feu! quelle horrible tempête!
Du Très-Haut en courroux, ciel! la foudre s'apprête!
Justement indigné des forfaits des pervers,
Son tonnerre vengeur retentit dans les airs.
 Mère tendre, Mère adorable,
 Tends-nous une main secourable;
 Regarde en pitié l'Univers,
 Affreuse image des enfers.

O Vierge, pure Vierge! arrête cet orage,
Electrise les cœurs, fais triompher le sage;
Le juste prosterné t'implore avec ardeur :
Dans l'âme de l'impié est l'effroi, la terreur.
 Tel le nocher près de l'abîme,
 De la mort tremblante victime,
 Devant ton image à genoux,
 Implore le Ciel en courroux.

Que ta bonté céleste enfin nous soit propice !
De ton fils bien aimé provoque la justice.
Quoi ! les iniquités du prévaricateur
Aux cris de l'innocent prévaudraient dans son cœur !
    Voudrait-il délaisser le sage ?
    Eh ! quel serait donc son partage ?
    Mais quoi ! le remords au méchant
    Ne sert-il pas de châtiment ?

Dis : à l'instant du Ciel la bonté tutélaire
Révoque à ton signal l'arrêt contre la terre.
Tel, au sein de la nuit et d'un orage affreux,
Apparaît tout-à-coup l'arc éclatant des cieux.
    Ainsi ta divine puissance
    Peut changer le sort de la France :
    Marie, espoir des malheureux,
    Va combler aujourd'hui nos vœux.

Le Ciel, calmé par toi, daigne enfin nous entendre.
Je vois, au front riant, à l'âme douce et tendre,
La vertueuse épouse à qui tu rends l'époux,
Les mères, les vieillards, les enfans à genoux,
    Bénir, dans leurs chants d'allégresse,
    Ton nom, ton amour, ta sagesse,
    Et les doux fruits de tes bienfaits.
    Eh ! quels fruits plus doux que la paix !

Le calme suit l'orage, et bannit la tristesse :
La Paix, la douce Paix, remplit nos cœurs d'ivresse.
O source du bonheur des peuples et des Rois,
Que les rares vertus et que les saintes lois
    Te fixent dans l'antique France,
    A côté de la bienfaisance !
    Viens, fais notre félicité
    Jusqu'au jour de l'éternité.

QUE n'ai-je de David la lyre enchanteresse
Pour louer, ô Marie, à jamais ta tendresse !
Ce ne serait pas trop que ses accords brillans :
Eh ! qui mérite mieux des cantiques touchans ?

Puissent, jusqu'au séjour des anges,
S'élever mes faibles louanges !
Puissent mes tendres sentimens
Te plaire autant qu'un pur encens !

O toi, dont l'univers atteste la puissance !
Jette toujours sur nous un regard de clémence ;
Guide nos actions, et rends l'homme à jamais
L'ennemi de la guerre et l'ami de la paix.

Sers à mon sexe de modèle :
Hélas ! la beauté la plus belle,
Sans la piété, la pudeur,
Ne vit qu'un jour comme une fleur.

THÉRÈSE,

ou

LA FEMME SENSIBLE.

De Louis le retour consolait tous les cœurs ;
Sa céleste bonté, prodiguant ses faveurs,
Nous avait ramené la paix si désirée.
L'Enfer était changé pour nous en Elysée.

Une femme charmante, encor dans son printemps,
Ignorant ces bienfaits, ces heureux changemens,
Dans un lieu solitaire, ayant fui la tempête,
En funèbres habits, vivait dans la retraite,
Abandonnant son âme aux plus vives douleurs,
Près de son jeune enfant, seul témoin de ses pleurs.
Malgré son désespoir, cette femme respire ;
Mais une mère sait tout ce qu'un fils inspire !
Thérèse était son nom ; ses attraits, ses vertus,
De l'amour, du respect méritaient les tributs.
Sa sensibilité la rendait languissante ;
Sa beauté n'en était que plus intéressante :
Sur son joli visage, où se peignait son cœur,
La rose avait fait place à la triste pâleur.
A côté du berceau de l'heureuse innocence,
De ce fils bien-aimé, son unique espérance,
Thérèse jour et nuit dans les pleurs, les soupirs,
Exhalait en ces mots ses affreux déplaisirs :
« Mon fils!... second moi-même! ah! bien plus cher encore!
Tout ce que j'ai perdu, mon âme en toi l'adore!
Père, frères, époux, hélas! le même jour,
M'ont dit un triste adieu, peut-être sans retour!

Mon cœur frémit..... se glace...., ô trop justes alarmes...
Partout le désespoir...., partout le bruit des armes...
N'est-on Roi des Français que par la cruauté ?
Que pour faire souffrir la tendre humanité ?
Tout en proie au méchant, l'être faible et timide
Doit périr aujourd'hui par un fer homicide.
Louis ! viens au secours de tes fils malheureux ;
Vois nos larmes de sang, sois sensible à nos vœux ;
Au nom du genre humain , race illustre et chérie,
Sceptre enchanteur des lis, redonne-nous la vie.
Sur la patrie en deuil viens répandre des fleurs,
Ton antique héritage est noyé dans les pleurs.
Une mère gémit sur le fruit qu'elle enfante ;
Pense, en le contemplant, à la loi foudroyante.
Une épouse gémit, meurt sans cesse au bonheur,
Loin de son tendre époux, idole de son cœur.
Une fille gémit sur son malheureux père,
Qui voit à ses côtés périr un fils, un frère.
Un vieillard à son tour gémit sur son destin,
Qui laisse sans appui la veuve et l'orphelin.
Le monde entier gémit... Toi, mon fils, dors, repose ;
Que ta faible paupière, au jour à peine éclose,
Reste fermée encore... Ah ! ne l'ouvre jamais,
Plutôt que de l'ouvrir sur d'odieux forfaits.
Mais lisons cet écrit d'une main bien chérie ;
Il ne peut ajouter à ma mélancolie :
Il calmera peut-être un instant ma douleur. »
« O ma sensible épouse ! ô ma fille ! ô ma sœur !
« D'un nouveau siècle enfin naît la brillante aurore ;
« Les maux ont disparu ; le bonheur vient d'éclore ;
« Le doux souris partout répond au doux souris ;
« Vive Louis ! des cœurs voilà les cris chéris.
« De l'amour des Bourbons la paix est l'heureux gage :
« Nous la conserverons avec eux d'âge en âge.

« Et les Rois, et les Dieux, dans ces jours solennels ,
« Accordent le pardon aux aveugles mortels.
« Le tyran orgueilleux, errant de crime en crime,
« Replongé dans l'oubli, tombe enfin dans l'abime. »
« O ciel! est-il donc vrai? quelle félicité!
Quoi! j'ai tout retrouvé! Paternelle bonté!
De mon sexe par moi, LOUIS, reçois l'hommage;
Le bonheur de la terre est ton sublime ouvrage...
Viens, sur mon sein, mon fils, cher espoir de mon cœur ;
Ouvre à présent les yeux au tableau du bonheur.
Les diamans, les fleurs, la gaze transparente,
Et mille riens charmans, d'une mise élégante,
Ont remplacé ce crêpe, effroi de tes beaux yeux.
Souris-moi donc, mon fils!.. Quel jour délicieux !
Désormais affranchi d'un appel sanguinaire,
Tu pourras, mon enfant, de ta sensible mère
Espérer en tout temps de faire le bonheur,
Et de sa dernière heure adoucir la douleur. »
Thérèse part soudain de son champêtre asile,
Et, le cœur satisfait, sur l'avenir tranquille,
Son cher fils dans les bras, sous des berceaux de lis,
Au comble de la joie, enfin revoit Paris ;
Y retrouve à la fois, au pied du trône même,
Son époux, ses parens, tout ce que son cœur aime.
Les Dieux de son destin pourraient être jaloux!
Mais, pour son cœur, c'est trop qu'un spectacle si doux :
De l'excès du bonheur son âme tout émue,
A l'instant de son corps se sépare éperdue.
Ni les embrassemens, ni les plus tendres vœux,
Ne peuvent une fois lui faire ouvrir les yeux.
Dans ces jours enchanteurs, faits pour doubler la vie,
Cette femme adorée est au monde ravie;
O source de malheur et de félicité !
Doit-on te désirer, ô sensibilité?

LE VIEILLARD SOLITAIRE.

ÉLÉGIE.

Du retour de la douce Paix
Les Plaisirs célébraient la fête;
L'univers était sans tempête,
Et la Discorde sans projets.
Un père, accablé de vieillesse,
Pleurant la mort de ses enfans;
En proie à sa juste tristesse,
Disait dans des maux si cuisans:
« O Paix, pourquoi te vois-je encore?
Que j'ai souhaité ton retour!
Que j'ai soupiré pour ce jour!
Mais c'est trop tard, et je t'abhorre.
Quand j'ai perdu ce que j'adore,
Ta fête est un deuil pour mon cœur,
Et ta vue aigrit ma douleur.
Cruel Mars! ta loi sanguinaire
A ravi ses fils à leur père;
Toi qui n'aimes que les horreurs,
Que suit toujours une furie,
Toi seul es l'auteur de mes pleurs;
Tu m'as ôté plus que la vie.
Dans ma sombre mélancolie,
Tout près de l'empire des morts,
Je brûlais de franchir ses bords:
Quand l'autre jour, pleins d'alégresse,
Je rencontrai mes vieux amis,
Qui, m'embrassant avec ivresse,
Me dirent : « Nos maux sont finis.
« Un noble vainqueur vient de rendre
« A notre amour tous nos chers fils;

« C'est un Dieu, sans doute, ALEXANDRE!
« Ses doux bienfaits le font comprendre,
« Pour les préludes de la paix,
« Qui rend au monde l'harmonie,
« De cent et cent mille Français
« Il fait présent à la patrie. »
« Cher espoir! célestes bienfaits!
Douce Paix! déesse adorée!
Viens, viens changer ma destinée;
Un père implore tes faveurs;
J'ornerai tes autels de fleurs:
De mes six fils, qu'un seul me reste!
J'attends, hélas! j'attends en vain,
Mon malheur n'est que trop certain.....
Il ne vient point,.... Guerre funeste!....
Sur le penchant de mes vieux jours,
De mes maux suspendant le cours;
Mes fils, d'une épouse l'image,
Adoucissaient mon dur veuvage.
Que la vie est un lourd fardeau
Lorsqu'on est au bord du tombeau,
Seul, loin d'une famille entière.
Ils vont donc se fermer mes yeux,
Sans mes fils, sans une main chère;
Mon dernier soupir auprès d'eux
Eût été doux, loin d'être affreux. »
A ces mots ce sensible père
Se tait : la mort tarit ses pleurs.
Quel cœur barbare sur la terre
Ne gémirait de ses douleurs!
Dans les sanglots, et solitaire,
Exhaler le dernier soupir,
C'est dans un jour cent fois mourir.

L'EUROPE DÉLIVRÉE.

ODE.

Est-il vrai qu'aujourd'hui l'Europe en harmonie,
Sous l'affreux joug de Mars ne vit plus asservie?
Qu'un héros magnanime, un Dieu libérateur,
Répandant ses bienfaits, rend le monde au bonheur;
    Et que la Vertu détrônée,
    A l'exil, aux larmes condamnée,
    Chassant la Discorde aux enfers,
    Revient embellir l'univers?

Du nord jusqu'au midi, ces mots se font entendre :
« Ce divin changement est l'œuvre d'ALEXANDRE;
« Ses vertus ont calmé tous les Dieux en courroux;
« Son cœur nous a comblés des présens les plus doux.
    « Du char même de la victoire,
    « Signalant sa bonté, sa gloire,
    « Sa main nous a rendu la paix,
    « Le plus ardent de nos souhaits. »

Aux maux les plus affreux la terre était en proie;
ALEXANDRE paraît : soudain renaît la joie.
Sa noble ambition est de tout protéger;
C'est par les seuls bienfaits qu'il aime à se venger.
    De l'Europe il est le vrai père :
    Il rend les enfans à la mère;
    Il rend à l'épouse l'époux.
    Es-il un triomphe plus doux?

Ce grand Roi ramène enfin par sa clémence
Un nouveau siècle d'or, de vertu, d'abondance.

L'Europe ressuscite à sa puissante voix ;
Les trônes, les autels recouvrent tous leurs droits.
  Vous, Trajan, Titus, Marc-Aurèle,
  Qui fûtes des Rois le modèle,
  Admirez sa rare bonté :
  Tout lui doit sa félicité.

Ce potentat, béni de tout ce qui respire,
Portant ses pas, bien loin de son immense empire,
En montrant sa puissance et sa gloire aux Français,
Efface en un moment cinq lustres de forfaits.
  Par sa présence salutaire,
  Il finit les maux de la guerre,
  Détruit le bandeau de l'erreur,
  Des états fixe le bonheur.

Tels les flots adorés du grand fleuve d'Afrique,
Dont le débordement, par un prodige unique,
Fertilisant l'Égypte ; attendu, désiré,
De contrée en contrée est soudain célébré :
  De l'habitant c'est l'espérance ;
  Le Nil, apportant l'abondance,
  Donne avec les fruits et les fleurs
  La joie et le plaisir aux cœurs.

Les voilà les lauriers de la grandeur suprême,
Les seuls dignes d'orner l'immortel diadème
De l'ami des humains, et du plus grand des Czars ;
Ils ceignirent le front du second des Césars.
  Qui les mérite sur la terre,
  En la délivrant de la guerre,
  Est mis au rang des demi-dieux ;
  Et sa place est marquée aux cieux.

O Grâces ! paraissez dans vos habits de fêtes :
De roses hâtez-vous de couronner vos têtes ;

Compagnes de Vénus, au nom du monde heureux,
Venez offrir des cœurs le tribut et les vœux ;
    Apollon, déjà pour sa gloire,
    Avec les Filles de mémoire,
    Par mille chefs-d'œuvre nouveaux,
    A célébré le Roi héros.

Si ce Dieu, pour un jour, changeait ma destinée ;
Du chantre harmonieux du vertueux Énée,
S'il daignait m'accorder, secondant mon ardeur,
La lyre et l'art divin, pour chanter ce vainqueur,
    Un trait de sa sublime histoire,
    Qui vaut trente siècles de gloire,
    Aussitôt placerait mon nom
    Sur le sommet de l'Hélicon.

LE BIENFAIT PRÉCIEUX,

ou

LE RETOUR DES BOURBONS.

HYMNE A LA VIERGE.

Quelles voix pourraient entreprendre
De louer les bienfaits divers
D'une Mère sensible et tendre?
Il n'est point d'assez doux concerts
Qui puissent chanter tes louanges,
O céleste Reine des Anges!
O digne Mère du Sauveur!
Source de bonté, d'indulgence,
De sagesse, de bienfaisance,
Vrai chef-d'œuvre du Créateur.

Quand ta main sauve du naufrage
Le faible et malheureux Français;
Quand tu viens dissiper l'orage
Qu'avaient attiré ses forfaits;
Quand tu fais à des jours d'alarmes
Succéder des jours pleins de charmes;
Quand sur la mer où nous courons,
Tu mets à l'abri des tempêtes,
Qui pourraient menacer nos têtes,
Notre esquif et nos avirons:

Permets à la reconnaissance,
Prosternée aux pieds des autels,
D'offrir au moins à ta puissance,
Qui brille en ces jours solennels,

Des chants d'amour et d'allégresse,
Qu'inspire une vive tendresse.
Reçois pour tribut de nos cœurs,
Vierge de paix, céleste Mère,
Des biens du ciel dépositaire,
Des hymnes, de l'encens, des fleurs.

QUE tout l'univers te bénisse,
Constant appui des malheureux ;
Ton fils, par toi, nous est propice ;
Pour ta gloire il comble nos vœux.
Béni soit le nom de Marie,
Protectrice de la patrie !
Pour le bonheur des nations,
Pour donner la paix à la terre,
Depuis plus de vingt ans en guerre,
Elle a ramené les BOURBONS.

CÉLESTE présent pour la France,
Qui change en plaisirs ses douleurs :
Présent qui montre ta puissance,
Présent qui console les cœurs.
Ainsi qu'après la prophétie
Était désiré le Messie ;
Ainsi dans nos malheurs affreux
L'était LOUIS, ce Roi si juste.
Qui ne lit sur son front auguste,
Qu'il aime à faire des heureux ?

DE David, ô Fille immortelle,
Qui comptes des Rois pour aïeux,
Toi, des vertus parfait modèle,
Délices du monde et des cieux,
Quel bienfait manque à ton ouvrage ?
Nous possédons ta vive image,

L'Illustre fille de nos Rois ;
L'amour, l'exemple de la terre,
Des Français l'ange tutélaire,
Et digne des cieux tant de fois.

DES humains, ô Mère adorable,
Tu nous combles de tes faveurs :
Toujours, loin d'être inexorable,
Tu pardonnes à nos erreurs.
Que de miracles de tendresse !
Plein de ta divine sagesse,
Les peuples enfin réunis
Par l'amour, la paix éternelle,
T'offriront un culte fidèle,
Se pareront toujours de lis.

FLEUR des Bourbons et de Marie,
Que ta vue accroît mes désirs !
Jamais fleur ne fut plus chérie.
Ah ! quelle gloire ! et quels plaisirs !
O lis ! dont l'aspect nous enflamme,
Source de vertus pour notre âme,
Symbole de notre bonheur,
Et que le monde entier honore,
Si, par un bienfait que j'implore,
Je te possédais sur mon cœur !

LE RAFFERMISSEMENT
DE L'EMPIRE DES LIS.

———

POËME.

Quand l'aspect de Louis et m'enflamme et m'inspire,
Au gré de mes souhaits, ah ! que n'ai-je une lyre !
N'importe ; de Phébus oubliant la rigueur,
J'ose suivre, au hasard, les transports de mon cœur.
Que mille autres d'un prince admirent la vaillance ;
Moi, qui hais les combats, j'adore la clémence,
La vertu, la justice, et surtout la bonté,
Ces présages certains de l'immortalité.
Ton égide, ô Minerve ! enfin couvre la terre ;
Soutiens ma faible voix, pour que je puisse plaire,
Et raconter comment ont été raffermis
Les anciens fondemens de l'empire des lis.
Comment, bornant l'effet de sa juste vengeance,
Le Ciel par un miracle a fait grâce à la France.
    Pour mieux apprécier d'un bon Roi les faveurs,
Français ! n'oublions pas cinq lustres de malheurs.
Gardons-nous de tenir la vérité captive ;
Elle ne fut que trop errante et fugitive,
Dans le siècle de deuil, d'erreurs et de forfaits :
Chérissons-la du moins dans ce siècle de paix.
Dans les convulsions d'une infernale rage,
La feinte liberté produisit l'esclavage ;
Un soldat furieux, corsaire des états,
Dont l'audace et l'orgueil avaient armé le bras,

Vomi par les enfers, nous ouvrant des abîmes,
Fut choisi pour venger tant d'augustes victimes.
Ce tyran destructeur des peuples et des rois,
Sut ébranler l'Europe, et lui dicter ses lois.
On le vit conquérir de toutes parts des haines,
Prodiguer des trésors, forger de lourdes chaînes,
Faire même abhorrer le beau nom de Français,
Et du nom de l'honneur couvrir tous ses forfaits.
Mais quoi ! vais-je esquisser les crimes de la guerre ?
Assez d'autres ont peint ce tyran sanguinaire :
Couvrons d'un voile épais ces funestes tableaux.
Mais non ; Français, pensons à l'excès de nos maux,
Pour devenir encor des peuples le modèle,
Et les dignes sujets d'une race immortelle.
Publions en tous lieux ce cuisant souvenir ;
Qu'il serve de leçon aux siècles à venir.
Le vautour est bien moins acharné sur sa proie,
Il la prend, la dévore avec bien moins de joie,
Que ce sanglant Typhon, dans des plaines de sang,
N'en goûtait à donner la mort de rang en rang.
Sa présence en tous lieux désolait plus encore,
Et causait plus d'effroi qu'un fatal météore.
Tout sentiment humain excitait ses fureurs ;
Il n'aimait qu'à semer le crime et ses horreurs.
Le monde entier a vu sa folle barbarie
Attirer contre nous l'Europe réunie ;
L'antique France, en proie aux plus horribles maux,
Allait rentrer par lui dans son premier chaos.
Pensons surtout aux jours où la terreur panique
Étouffait parmi nous l'espérance publique ;
Où, sous son joug courbés, comme de vils forçats,
Tous les Français volaient au-devant du trépas ;
Jouets de faux rapports, que de justes alarmes !
Sous le glaive et le feu, la nation en larmes,

2

Disait, en suppliant les monarques divers !
Un grand peuple orphelin est accablé de fers ;
Venez, venez le rendre à sa race chérie ;
Ah ! ce bienfait peut seul lui redonner la vie.
« *Notre crime est énorme, exécrable, odieux,*
« *Mais il n'est pas plus grand que la bonté des Dieux.* »
O généreux BOURBON, de vos sujets le père !
Soyez sensible aux pleurs du repentir sincère,
Quand l'ombre de LOUIS, de ce Roi paternel,
Apparaît sous des traits qui n'ont rien de mortel,
Au jardin du palais de ses aïeux illustres,
Où pour notre bonheur sont ses frères augustes,
Et dit : «Que j'ai souffert d'avoir été vengé !
« Français, que de vos maux mon cœur est affligé !
« D'un regard de tendresse accueillant ma prière,
« Sur mon peuple le Ciel fait jaillir la lumière.
« Des Princes alliés il guide les succès ;
« La foudre est dans leurs mains pour vous donner la paix.
« Mon ombre, si long-temps plaintive et désolée,
« Va par votre bonheur être enfin consolée.
« Ma fille bien aimée et mes frères chéris
« Sauront par leurs vertus faire fleurir les lis. »
Dans le ravissement soudain Paris espère,
Adore, en l'admirant, ce véritable père.
Le second saint LOUIS, brillant et radieux,
Sur un nuage d'or, remonte dans les Cieux.
De cinq lustres entiers de funeste anarchie,
D'ambition sans frein, d'affreuse tyrannie,
Le cours est arrêté par le meilleur des Rois.
Tel l'auguste holocauste, en montant sur la croix,
Désarma par sa mort la céleste colère,
Racheta les mortels, purifia la terre.

De ses sujets, des Rois, de la terre et des cieux,
LOUIS LE DÉSIRÉ comble à la fois les vœux.

Ce Roi vient, nous sourit, nous aime et nous pardonne;
On voit tous les BOURBONS environner son trône.
Comme l'astre du jour vient dissiper la nuit,
De même à son aspect l'orage affreux s'enfuit.
Au seul nom de BOURBON, j'entends tomber nos chaînes;
Ce nom sacré suffit pour dissiper nos peines;
Et béni des Français, et cher aux nations,
Il réunit les cœurs et les opinions.
A cet auguste nom, à ces traits qu'ils connaissent,
Les peuples sont amis, et les vertus renaissent.
Les maux viennent mourir dans le sein du bonheur.
Ce soudain changement semble un songe enchanteur.
Le vice est remplacé par l'aimable sagesse;
La folâtre gaîté succède à la tristesse.
Le retour des BOURBONS est le jour de la paix:
Ah! comment retracer de si nombreux bienfaits!
Des LOUIS, des HENRI, nous chantons les merveilles;
La gloire de nos Rois charme nos douces veilles.
Partout on voit cueillir, enlacer en festons,
Le lis et l'olivier, emblème des BOURBONS.
Le riche en son palais, le pauvre en sa chaumière,
Etalent de nos Rois l'éclatante bannière;
Pour eux la France heureuse élève jusqu'aux cieux,
Dans les temples parés, les plus ardens des vœux.
Transporté de bonheur, chacun dans son ivresse,
Se mêle, se confond, s'embrasse avec tendresse,
Et se dit : « Rien ne peut troubler notre plaisir;
Le fortuné présent annonce l'avenir.
Quel retour! quel bienfait! quelle douce espérance!
O vrai palladium du bonheur de la France!
Le creuset du malheur épure la raison;
Soyons dignes toujours de l'amour de BOURBON.
Des amis pour sujets, au lieu de vils esclaves,
N'ont besoin que de lois, non de fers, ni d'entraves.

Le Ciel par un tyran châtia nos forfaits;
Le ciel par un bon Roi nous comble de bienfaits.
Toujours, par les BOURBONS, la patrie et la gloire
Ont dans tout l'univers remporté la victoire.
Du grand HENRI, LOUIS égale les destins;
Il connut le malheur, il aime les humains.
Avec lui vont régner la douce bienfaisance,
L'équité, la concorde et l'heureuse abondance.
A la pique homicide, au glaive flamboyant,
Succède tout à coup un sceptre bienfaisant.
Tous les Dieux vont venir habiter notre empire:
Livrons-nous aux transports qu'un tel bonheur inspire;
Consacrons à LOUIS ces jours que nous devons
Aux vertus, aux bienfaits, au retour des BOURBONS.»
C'est ainsi qu'attendri, dans leur vive allégresse,
Les cœurs reconnaissans s'entretenaient sans cesse.
Tout à coup on entend mille et mille cris;
Des transports redoublés ont annoncé LOUIS,
Envoyé par le Ciel au secours de la France.
Paris revoit son Roi! Divine Providence!
S'il vient régner sur nous, c'est pour nous rendre heureux;
Ainsi qu'ont toujours fait ses immortels aïeux.
Il semble le Messie au milieu de ses anges.
L'air retentit pour lui d'un concert de louanges,
Les cœurs en liberté volent tous vers LOUIS;
La France veut s'absoudre en chérissant les lis.
Thémis, les arts, les jeux, les grâces, la vaillance,
Célèbrent à l'envi son auguste présence.
Que de transports d'amour! que d'acclamations!
Son char marche au milieu des bénédictions.
Sur des tapis de fleurs, sous la pourpre et la soie,
Pressé par tout un peuple ivre en ce jour de joie,
Ce char consolateur va, roule lentement;
Pour laisser contempler ce Roi si bienfaisant,

Digne après tant de maux, par sa clémence extrême,
Des grâces, des faveurs de l'Arbitre suprême.
Pour l'âme d'un bon Roi quel triomphe flatteur,
Que les cris de l'amour inspirés par le cœur !
Dans leur ravissement, les Français en délire
Chantent : Vive à jamais des lis l'heureux empire !
Divisés par la guerre, et par la paix unis,
Vingt peuples à la fois chantent vive Louis !
Il console ses fils, ce père auguste et tendre;
On voit de tous côtés ses faveurs se répandre.
Louis sèche nos pleurs de sa royale main ;
Se venger est mortel, pardonner est divin.
De ses aïeux ce Roi possède l'héritage ;
La bonté fut toujours des Bourbons l'apanage.
Tel que le flambeau pur du ciel resplendissant,
Il répand sa clarté sur notre aveuglement.
Epurant tout en nous par sa céleste vue,
De son pouvoir divin quelle âme n'est émue !
Son exemple frappant de magnanimité
Fait aimer et germer parmi nous la bonté.
Chaque cœur est son temple ouvert à la sagesse ;
Telle est de ses vertus la force enchanteresse.
Embrassons-nous, dit-il, au Repentir en pleurs :
Ah ! la clémence est l'art de séduire les cœurs !
Il monte sur un trône environné d'abîmes,
Qui serait chancelant sans ses vertus sublimes.
Sur ce trône ébranlé, par des flots d'ennemis,
Ce Roi législateur à peine est-il assis,
Que de l'Etat détruit soudain prenant les rênes,
Tout renaît à l'instant par ses mains souveraines.
Profond dans le grand art de gouverner les cœurs,
Ne cherchant qu'à tarir la source des malheurs,
Ménageant des esprits l'orgueilleuse faiblesse,
Son caractère, empreint du sceau de la sagesse,

Rend son pouvoir plus grand que ses royales lois.
Son âme et son génie étonnent à la fois.
Ah! d'un Dieu bienfaisant il est la vive image :
Changer le mal en bien est son sublime ouvrage.
Et tandis que ses lois, que dictent les vertus,
Le font prendre en tous lieux pour Solon, pour Titus ;
Secondant ses bienfaits, on voit voler un Prince,
Un BOURBON adoré, de province en province.
Tel on vit Jupiter parcourant l'univers,
Distinguer tour à tour les justes des pervers.
Des BOURBONS généreux, pour nous pleins de tendresse,
Quel cœur ingrat prendrait la bonté pour faiblesse!
   Il fallait nos malheurs pour pleurer dignement
Les mânes de LOUIS si bon, si bienfaisant.
O souvenirs cuisans! ô sanglantes images!
Les Dieux, les justes Dieux, ont permis ces orages ;
Mais avoir mérité tant d'horribles fléaux,
Voilà, dit le Français, le plus affreux des maux.
Hélas! pour ce sujet mes yeux n'ont que des larmes ;
Pour les sensibles cœurs mes pleurs auront des charmes.
Modèle des bons Rois, des pères, des époux,
Qui naquis pour jouir du destin le plus doux,
Autant par tes vertus, que par ton rang suprême,
Dans un siècle barbare, ennemi de lui-même,
Où triompha le crime et ses noires fureurs ;
Toi, qui, digne du Ciel, en goûtes les douceurs ;
Après vingt ans et plus ta perte si cruelle,
Pour tous les cœurs bien nés, paraît encor nouvelle.
Que mille monumens attestent les regrets
De ton peuple égaré redevenu Français,
Du repentir en pleurs, daigne accepter l'hommage,
Nous t'adorons du moins dans ta céleste image :
Ta digne et tendre fille, elle habite avec nous ;
On voit, pour la bénir, les Français à genoux :

Sa bonté, sa douceur, sa grâce enchanteresse,
Pénètrent tous les cœurs d'une vive tendresse;
Des augustes époux, martyrs de leurs sujets;
Chacun a reconnu les vertus et les traits.
C'est en la chérissant, mais d'un amour fidèle,
Celle qui de son sexe est le parfait modèle,
Que nous mériterons désormais d'être heureux.
Pour parler de ce jour qui vit combler nos vœux,
De ce jour désiré, Vierges de l'Hippocrène,
Prêtez vos lyres d'or aux chantres de la Seine.
Eh quoi! pour le tracer au lieu de nobles chants,
Je n'entends en tous lieux que de faibles accens!
Il est si doux pourtant de louer sans bassesse,
De pouvoir célébrer la bonté, la sagesse,
Des prodiges nombreux de magnanimité,
La paix de l'univers et sa prospérité.
Que n'est-il parmi nous le sensible Delille!
Modèle des sujets, successeur de Virgile,
Qui, plus que lui sincère, en vers harmonieux,
Osa prophétiser nos jours les plus heureux;
Qui loua sans flatter des Princes légitimes,
Et qui n'applaudit point aux triomphes des crimes,
Comme son siècle ingrat, fécond en courtisans,
Rare en cœurs généreux, humains et bienfaisans.
Ah! Delille! pourquoi ne vis-tu pas encore?
Pour contempler au moins de ce siècle l'aurore;
Pour goûter les douceurs de la félicité;
Pour chanter de mon Roi l'immuable équité;
Le retour des BOURBONS, ton illustre Mécène;
Cette royale fleur, ornement de la Seine;
Les bienfaits inouïs des sublimes vainqueurs,
Qui n'ont armé leurs bras que pour sécher les pleurs;
Les grands événemens qui de la tyrannie,
De l'opprobre éternel, délivrent la patrie;

Ton cœur toujours français, malgré l'hiver des ans,
A ta voix eût rendu les chants de ton printemps.
Que ne peuvent l'amour et la reconnaissance ?
Qu'ils auraient plu les vers du cygne de la France !
Mais bientôt par LOUIS, le Parnasse excité,
De son antique éclat lui devra la beauté ;
Pour louer ses bienfaits et sa haute sagesse,
Chacun fréquentera les rives du Permesse.
Pleins d'amour pour mon Roi, tous voudront raconter
Ses nombreuses vertus... Mais peut-on les compter ?
Il nous prouve qu'il sait qu'un Prince n'est auguste,
Qu'autant qu'il est pieux, clément, sensible et juste.
Par l'exemple il instruit les sages et les Rois ;
Conquérans, sont-ce là de stériles exploits ?
Ainsi qu'une mer calme, on voit enfin la France ;
O prodige enchanteur ! ô céleste puissance !
Bienfaiteur des Français, tendre ami des humains,
L'univers à LOUIS doit ses heureux destins.
Sur l'amour des mortels que son bonheur se fonde !
Régner sur tous les cœurs c'est régner sur le monde.
Que ce Roi vive autant que ses nombreux bienfaits,
Autant qu'il sera cher, admiré des Français !
O France ! vois toujours dans ton Roi ton vrai père,
Ton ami, ton sauveur, ton ange tutélaire ;
Ne crains pas, que jaloux d'agrandir ses Etats,
« Il perde en un seul jour le fruit de cent combats, »
Ni qu'il reste endormi dans la molle indolence ;
Mets l'honneur dans l'amour et la reconnaissance
Nous avons parcouru la route du malheur,
LOUIS vient nous ouvrir le sentier du bonheur
Jouissons à la fin de la plus douce gloire :
Posséder un bon Roi, c'est pour nous la victoire

FIN.

De l'Imprimerie d'A. EGRON.

www.ingramcontent.com/pod-product-compliance
Lightning Source LLC
Chambersburg PA
CBHW061625180626
46818CB00005B/2238